D1614068

Boda en Chimalistac

FONDO
DE CULTURA
ECONÓMICA

Primera edición: 2008

Poniatowska, Elena
    Boda en Chimalistac / Elena Poniatowska ; ilus. de
Oswaldo Hernández Garnica. – México : FCE, 2008
    [28] p. : ilus. ; 26 × 25 cm – (Colec. Los Especiales
de A la Orilla del Viento)
    ISBN 978-968-16-8563-8

    1. Literatura Infantil I. Hernández Garnica, Oswaldo,
il. II. Ser. III. t.

LC PZ7   Dewey 808.068 P649b

Distribución mundial

Comentarios y sugerencias:
librosparaninos@fondodeculturaeconomica.com
www.fondodeculturaeconomica.com
Tel. (55)5449-1871. Fax (55)5449-1873

Empresa certificada ISO 9001:2000

Colección dirigida por Miriam Martínez
Edición: Carlos Tejada
Diseño gráfico: Gabriela Martínez Nava
Diseño de guardas: Rebeca Durán y Natalia Ríos

© 2008, Elena Poniatowska (texto)
© 2008, Oswaldo Hernández Garnica (ilustraciones)

D. R. © 2008, Fondo de Cultura Económica
Carretera Picacho Ajusco 227,
Bosques del Pedregal,
C. P. 14738, México, D. F.

Se prohíbe la reproducción parcial o total de esta obra
—por cualquier medio— sin la anuencia por escrito
del titular de los derechos correspondientes.

ISBN 978-968-16-8563-8

Impreso en México • *Printed in Mexico*

Boda en Chimalistac se terminó de imprimir y encuadernar en abril de 2008
en Impresora y Encuadernadora Progreso, S. A. de C. V. (IEPSA), calzada
San Lorenzo 244, Paraje San Juan, C. P. 09830, México, D. F.

El tiraje fue de 10 000 ejemplares.

Boda en Chimalistac

Elena Poniatowska

ilustraciones de
Oswaldo Hernández Garnica

LOS ESPECIALES DE
A la orilla del viento
FONDO DE CULTURA ECONÓMICA
MÉXICO

l Limonero le dijo a la Jacaranda:

—¿Quieres casarte conmigo?

—¡Oh no! Yo ya escogí al Fresno, que es más hermoso que tú, tiene ramas que llegan hasta el cielo y un tronco poderoso, invencible. Tú estás muy chaparrito.

El Limonero se puso triste, hablaba solo,
movía sus ramas de un lado al otro sin que
viniera a cuento y, por más que su amigo

Adrián el pordiosero quisiera animarlo, cuando
pasaba alguna pareja él hacía todo por agriarles
el paseo.

Una mañana, sin más, llegaron del Departamento Central con un camión y una sierra eléctrica y rodearon al Fresno:

—Este árbol está muy viejo y corre el riesgo de caerse sobre los niños que vienen a jugar al parque.

Los vecinos protestaron:

—Pero, ¿cómo van a cortar este árbol que nos ha acompañado durante tantos años?

—Señora, ¿qué no sabe que en Churubusco cayó un eucalipto después de una tormenta y mató a una mamá y a su hijo?

—¡No puedo creerlo! —se espantó la señora.

—Sí, hasta salió en los periódicos. Resulta que los eucaliptos tienen muy pocas raíces y como crecen muy alto se caen al primer golpe de viento.

—Lástima, tan bonito que huelen.

—Lo mejor de los eucaliptos son sus hojas porque se usan para los tés, las friegas, las limpias, las inhalaciones, los jarabes y las pastillas contra la tos.

Tan convencidos quedaron los vecinos que entre
todos vigilaron que el Fresno no se moviera.

La Jacaranda lloró lágrimas violetas y el Limonero se compadeció:

—Si sigues llorando te vas a parecer a los llorones de los sauces.

Y se plantó a su lado para consolarla.

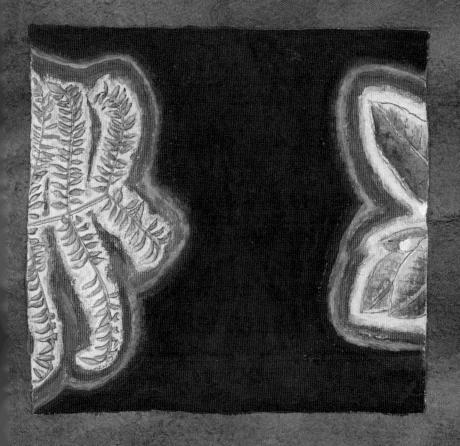
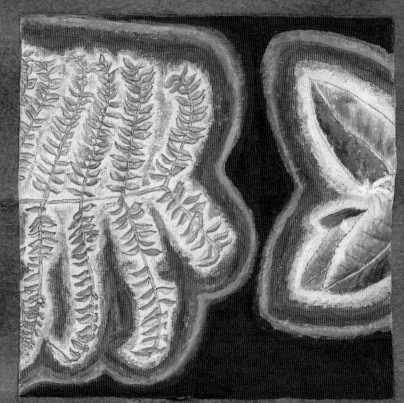
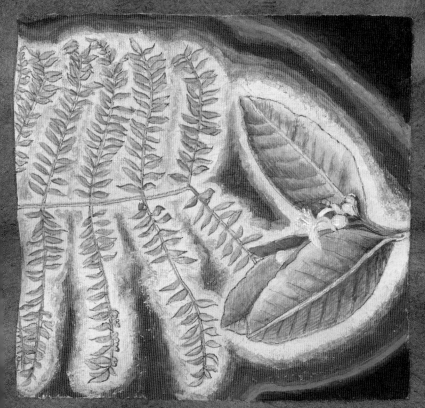

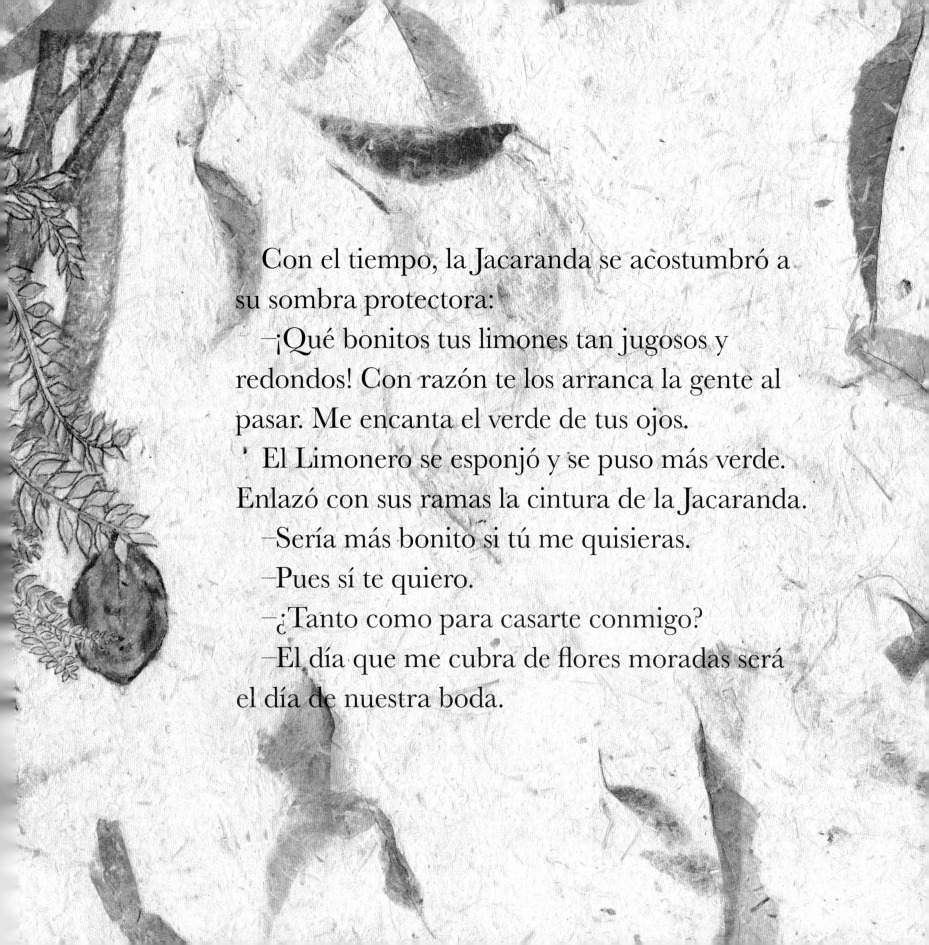

Con el tiempo, la Jacaranda se acostumbró a su sombra protectora:

—¡Qué bonitos tus limones tan jugosos y redondos! Con razón te los arranca la gente al pasar. Me encanta el verde de tus ojos.

El Limonero se esponjó y se puso más verde. Enlazó con sus ramas la cintura de la Jacaranda.

—Sería más bonito si tú me quisieras.

—Pues sí te quiero.

—¿Tanto como para casarte conmigo?

—El día que me cubra de flores moradas será el día de nuestra boda.

El día de la boda llegó.

La Jacaranda lavó su cara, con un palito se sacó la mugre de las uñas de sus ramas, se alisó las flores, se estiró muy bien las raíces como si fueran calcetines, revisó debajo de su corteza para asegurarse de que en sus calzones no apareciera el riel de oro, y se puso el velo lentamente frente a los pastitos que la miraban con adoración. Escogió a los más pequeños para que detuvieran su cola:

—Ustedes van a ser mis pajes.

Los invitados: dos ahuehuetes, cinco
manzanos, seis durazneros, un pirul, un plátano,
siete rosales, doña Hiedra con su cauda de hojas
opacas y fuertes, el Huele de noche con todo

y nido y doce pastitos que detendrían la cola
de la novia. La madrina de lazo era la señora
Bugambilia y la de arras, una magnolia frondosa
y perfumada.

Entraron a la iglesia de Chimalistac, primero la mamá de la Jacaranda y el papá del Limonero, que estaba aún más gordo y cargado de fruta que el novio. Don Jacarando papá con un precioso traje de suntuosas flores lilas le daba el brazo a la Jacaranda rumorosa. El Plátano miraba inquieto para todos lados. Los pastitos, de dos en dos y muy seriecitos, avanzaban viendo a San Sebastián todo asaetado. Más solemne aún, el último pastito se asustó con las flechas en el cuerpo del santo.

El sacristán subió al campanario y echó las campanas al vuelo. Pía, Gonzalo, Mateo, Emilia y Jerónimo salieron al balcón y aplaudieron contentísimos al verlos salir de la iglesia de San Sebastián. ¡Nunca habían visto una novia más bella aunque no estuviera envuelta como merengue en tules blancos! Todos olvidaron por un momento sus rencillas y corrieron a la plaza a brindar por los novios en las copas de oro de los tulipanes.

Todavía hoy el Limonero y la
Jacaranda permanecen enlazados y,
en torno a ellos, sus retoños juegan al
Piripí, que dice:

Con el piripí pipinando.
Con el piripí el pájaro cantando.
Con el piripí pipinando.
Con el piripí el pájaro pajeando.

Las hojas ríen, el viento baila.
Hasta Adrián el pordiosero parece
olvidar que no tiene camisa y
una tarde decide enamorar a una
jardinera anaranjada.